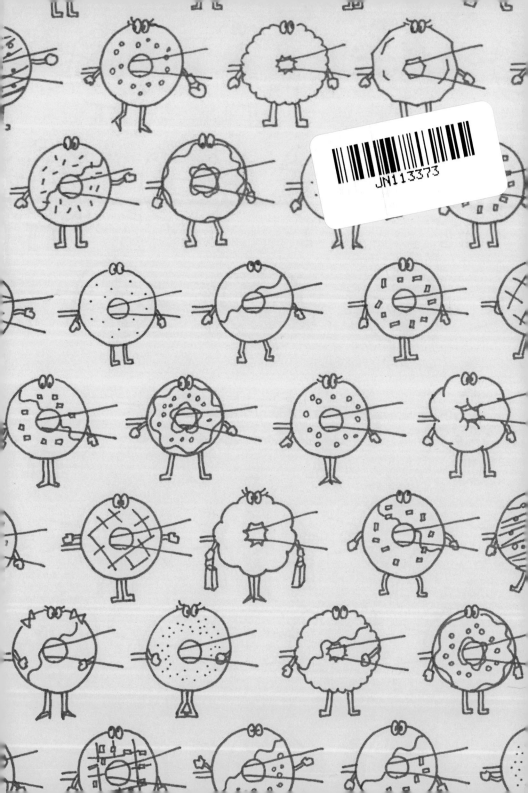

おれにはドーナツみたいな穴があいている

作 齋藤 真行

絵 さいとう れい

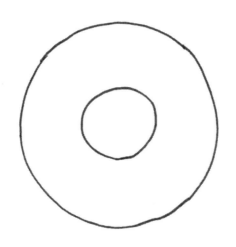

おれにはドーナツみたいな
穴が空いている。

その穴のなかを、ヒューヒュー
風が通っていく。

おれはこの穴をふさぎたい。

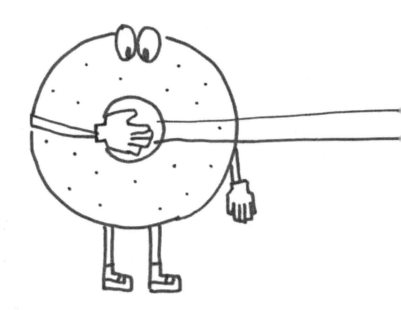

自分のなかが寒いから。

そこでおれは考えた。
うまいものを飲み食いすれば、
きっとこの穴もふさがるだろう。

おれは甘いもの、辛いものを食べ
のどごしのよい飲み物を飲んだ。
食べ物や飲み物の楽しさで
穴がふさがると思った。

ところが、どうしたことだろう。

食べても、食べても
飲んでも、飲んでも
すべて入っては、消えていくだけ。

おれの穴はふさがらず
冷たい風が
通っていくばかりだった。

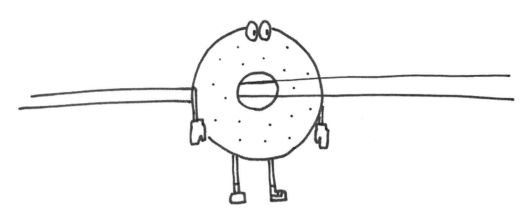

おれは考えた。
きっとみんなにほめてもらえたら
穴もふさがるだろう。

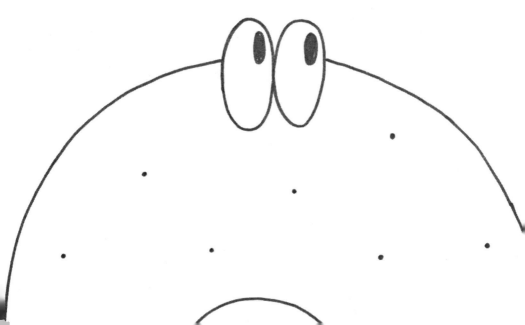

そこでおれは
みんなにほめてもらおうと
がんばった。

みんなが喜ぶようなこと、
するのを嫌がるようなことを
進んでやった。

やがて、
おれのことをほめてくれる人は
増えていった。

ところが、どうしたことだろう。

どんなにほめられても、
おれの穴はふさがらず
冷たい風が
通っていくばかりだった。

おれは考えた。
きっと、友達と楽しく騒いだり
遊んだりしたら、
穴もふさがるだろう。

そこでおれは
友達を求めて街に出て
交流をした。

やがて気の合う友達が
二人、三人できて
一緒に遊ぶ楽しみを知った。

ところが、どうしたことだろう。
友達といくら遊んでも
穴はそのままだ。

おれの穴はふさがらず
冷たい風が
通っていくばかりだった。

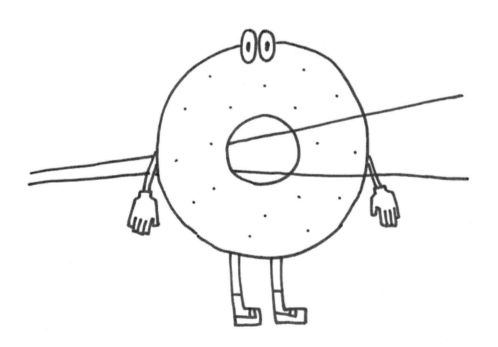

おれは考えた。
だれかと素敵な恋をすれば
穴もふさがるに違いない。

そんなとき
おれは女の子と知り合った。

その子にもドーナツみたいな
穴が空いていた。

おれたちは冷たい風が
通っていく者同士、
ドーナツみたいに穴が空いている
悲しみを語り合った。

おれたちは自分の体の中が
冷えていくときの
痛みと失望を語り合った。

おれは自分の穴が
埋まっていると思えた。
きっとあの子も
自分の穴がふさがっていると
感じていただろう。

ところが、どうしたことだろう。

おれたちの穴はふさがらず

冷たい風が

通っていくばかりだった。

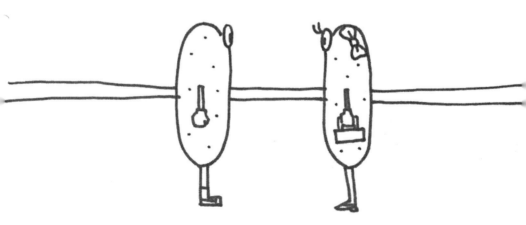

おれもあの子も、
穴がふさがらないとわかると
恋も夢のように消えて
互いに違う道へ去って行った。

おれは考えた。
これまで他の人に
楽しみを求めてきた。
これからは自分で
楽しめることをしよう。
そうすれば、穴もふさがるだろう。

そこでおれは、
楽しそうな楽器を弾いたり、

ボールを蹴ったり、

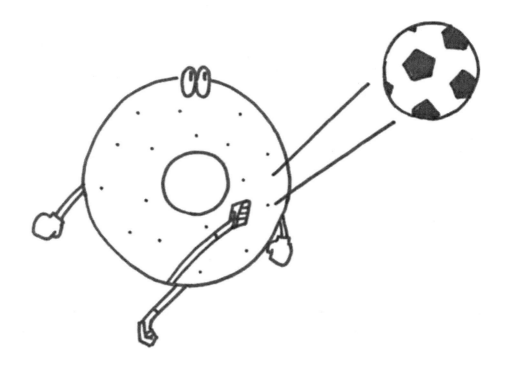

ダンスをしたり、

映画を観たりした。

そんなひと時の間、
おれは生きている実感がした。
おれ自身の心が楽しいのだから
穴もふさがるだろう。

ところが、どうしたことだろう。
おれの穴はふさがらず
冷たい風が
通っていくばかりだった。

おれはいよいよ
どうすればよいのか
わからなくなり、望みを失った。

考えつく限りのことをしたが
結局穴はふさがらなかった。

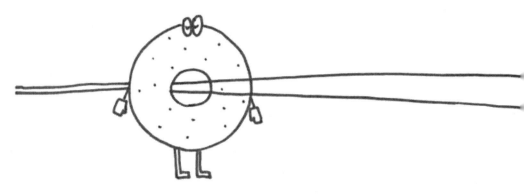

おれは座り込んで
おいおい泣いた。

おれに空いている穴は
なにをしても
ふさがらないことが

ひどく悲しかった。

一通り泣いて、空を仰いだら
雲がゆっくりと流れていた。

どの雲にも、おれみたいに
穴が空いていた。

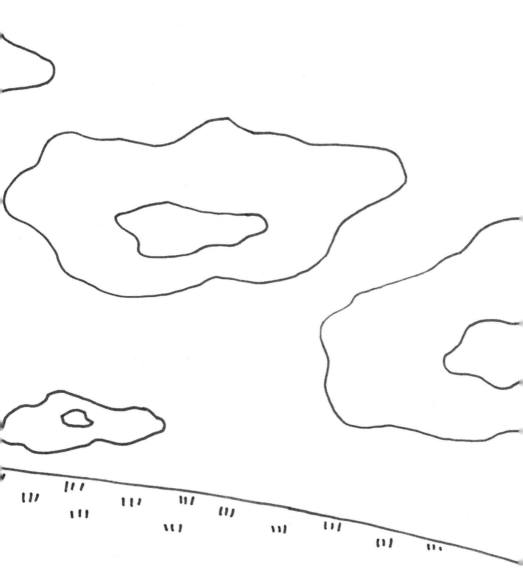

雲をながめていたら
夕暮れになった。

夕焼け空も、夕陽という穴から
光が照っていた。

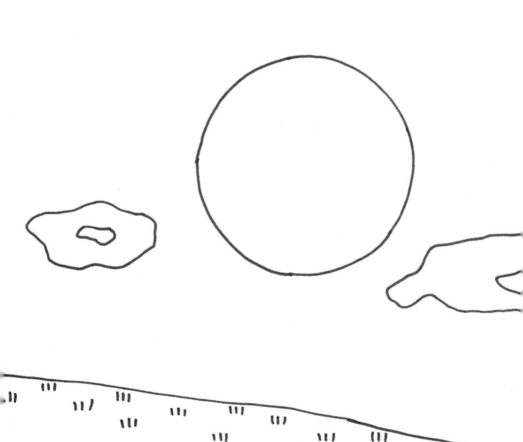

やがて夜になった。

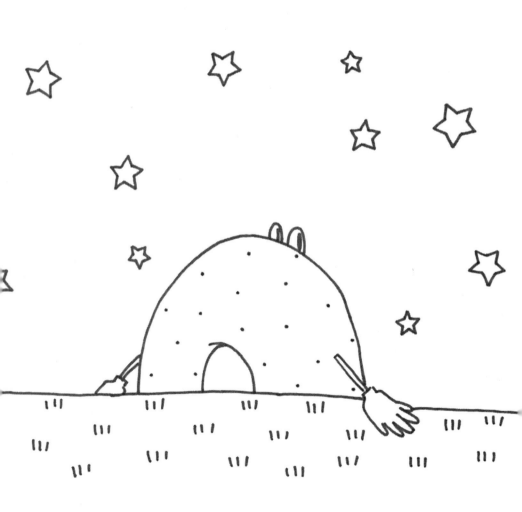

静かな夜空にも、星や月という
穴が空いていた。

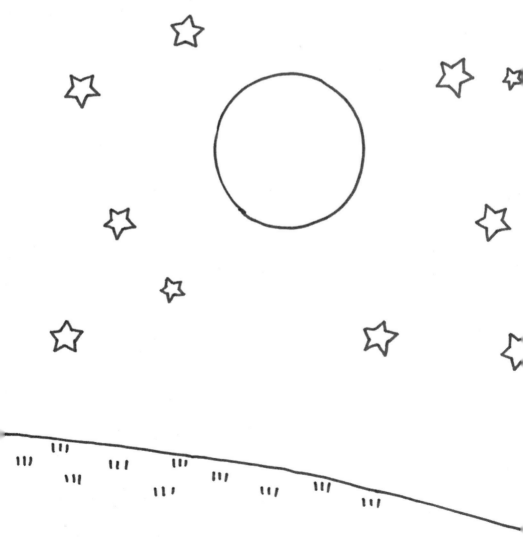

世界には、どんなときも
穴が空いていた。

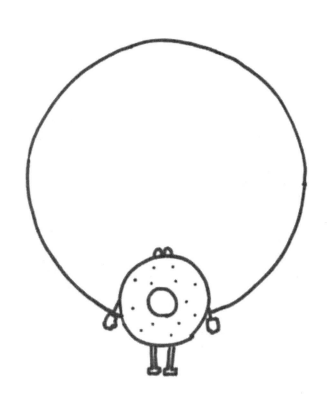

おれは立ち上がって、
穴の空いた世界を歩いた。

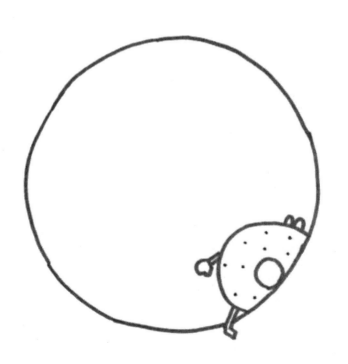

どんなに楽しんでも
どんなに泣いても

おれの穴はふさがらなかった。

しかし、おれは
歩きながら鼻歌を歌った。

夜風がやけに気持ちよかった。

おれに穴が空いているのは

悲しいことでも、

特別なことでもなかった。

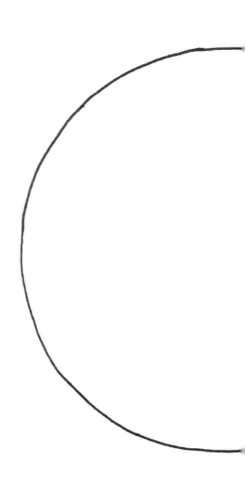

この世界には
穴が空いているのだから。

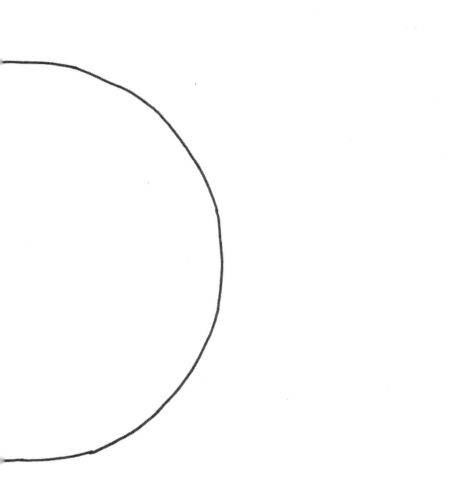

あの人にも、この人にも、

あそこにも、ここにも。

おれにも穴が空いていて
冷たい風が通っていく。

それでいいのだと、
初めて知った。

穴がふさがることが
大事なのではない。

自分ひとりでは耐えられない

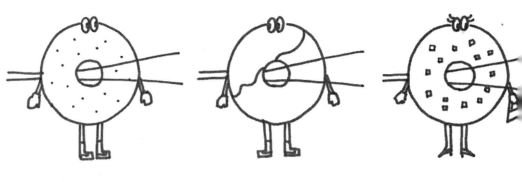

穴を通っていく冷たい風も

雲や

夕陽や

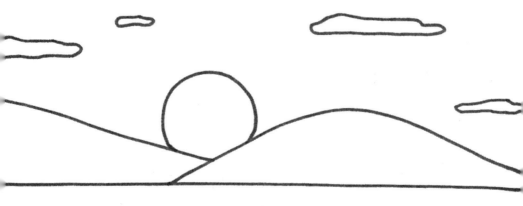

星空や

あの子や

あの人やこの人が

一緒にその悲しみを
感じていると知るなら

その風に

鼻歌だって乗せることができる。

みんなの穴を通っていく風で

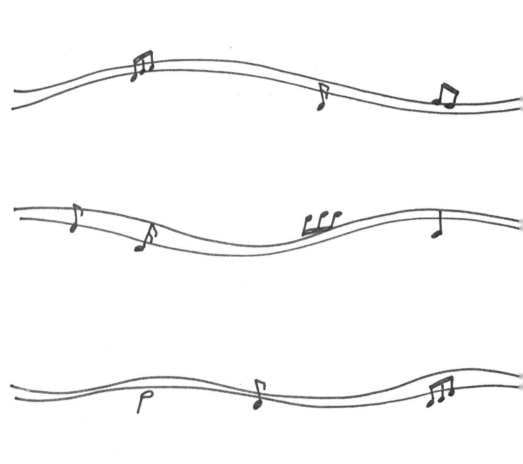

それぞれが自分の悲しみを歌うなら

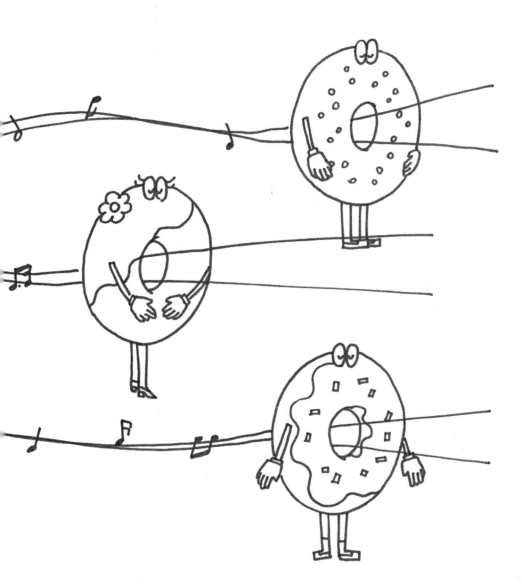

宇宙を泣かせる
オーケストラだって

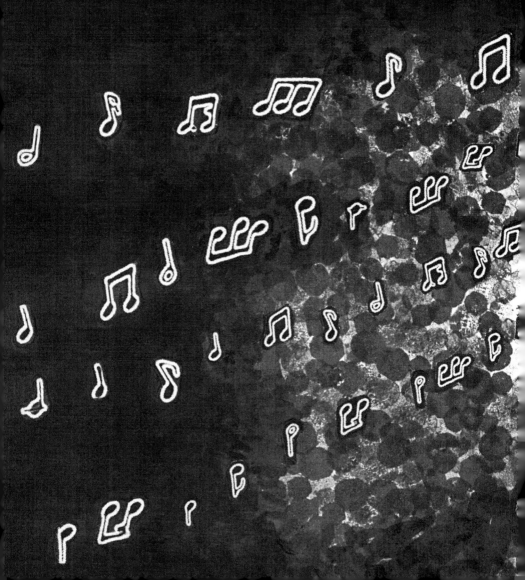

きっとできる。

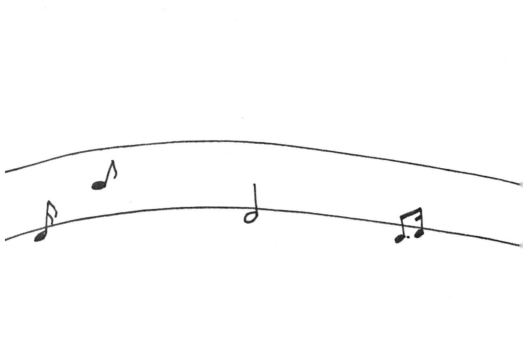

夜風が、やけに気持ちよかった。

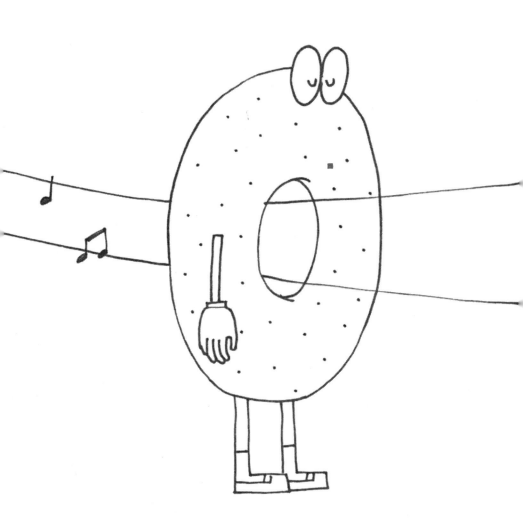

風も世界も

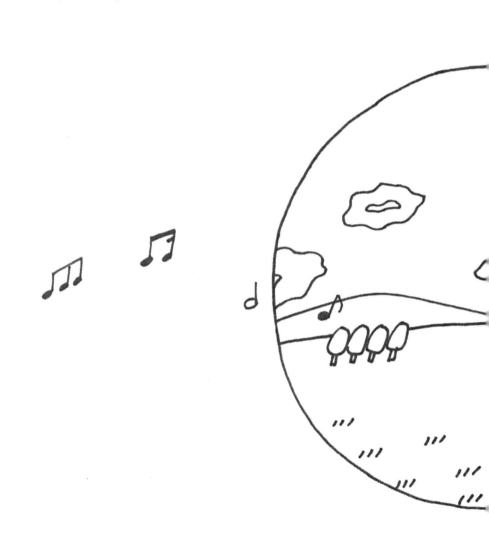

悲しみを優しく
歌っていた。

〈作〉齋藤 真行（さいとう まいく）

１９７９年生まれ。東京神学大学大学院修士課程修了。

日本基督教団牧師。アマゾンからキリスト教関連の著作を多数、出版中。

〈絵〉さいとう れい

１９７９年生まれ。横浜美術短期大学卒（現 横浜美術大学）卒。

『ヨベルのうた』、『しょうたとほしのふね』など絵本を Amazon から出版中。

おれにはドーナツみたいな穴があいている

2019 年 11 月 30 日　発行

著　者　　齋藤真行

イラスト　さいとうれい

発　行　　愛本出版

〒400-0031　甲府市丸の内 2-32-3

☎ 055-222-4110

印刷・製本　ちょこっと印刷

ISBN 978-4-908564-32-1 C0712 定価（1,000 円＋税）

愛本出版 〈大人のための絵本シリーズ〉

Amazon.co.jp にて好評販売中！

『ぼくにはなにもない』

著 齋藤真行　絵 さいとうれい （定価￥1,000+税）

「ぼくにはなにもない。家族も、恋人も、生きがいも、やる気も、健康も、生きる意味さえも・・・」中年男性の「ぼく」が問いかける、〈幸せの在り処〉の物語。

『だれもわたしを愛していない』

著 齋藤真行　絵 さいとうれい （定価￥1,000+税）

「両親も、友達も、先生も、わたしを認めてくれたはずの人々も、だれもわたしを愛していない・・・」どこにわたしは「居場所」を見つけることができるのか？　本当の愛はどこにあるのか？　「今」を生きる孤独な魂の物語。

『〈これまで〉か〈これから〉かそれが問題ニャ！

〜二匹のネコのその後〜』

著 齋藤真行　絵 さいとうれい （定価￥1,000+税）

「これまで」を中心に生きるネコと、「これから」を第一に生きるネコ。二匹はそれぞれの旅の果てに、どのような結末を見るのか・・・。〈どう生きればいいか？〉を二匹のネコに託して描く。

さいとう れい　絵本の紹介

ねがいごと ひとつだけ

　「ねがいごとが、ひとつだけかなうとしたら、あなたはどんなことをねがいますか」　だれでも一度は考えたことがあるだろうこの想いを、子どものまなざしで見つめます。　一番かなえたいねがいとは、何なのでしょうか。　心の奥底にある「本当のねがい」を、流れ星がキラリと照らしてくれます。

定価 1,000 円＋税

しょうたとほしのふね

　〈しょうた〉は宿題や習い事に追われる忙しい子ども。そんなしょうたの部屋にある日、窓からはしごが飛び込んできます。子どもの純粋な心や、新しい世界へのあこがれ、将来の冒険へと踏み出す気持ちをもう一度見つけたい、そんな方に読んでいただきたい、子どもと大人の物語です。

定価 1,000 円＋税

ヨベルのうた

　ヨベルは歌うのが大好きな、ふしぎなカラス。　ほかのカラスは エサさがしにいそがしいのに、　ヨベルだけは、歌ばかり歌って、すごしています。そんなひとりぼっちで 変わり者のヨベルですが、　やがてばかにしていた 村のカラスたちを歌うことで 救うことになります・・・。「好きなことをする」ことの大切さを、ヨベルのうたがおしえてくれます。

定価 1,000 円＋税